獻給蘇珊—*M. I. B.*
獻給我永遠童心未泯的爸爸—*D. R. O.*

致謝
繪者非常感謝Simon & Schuster Children出版社的
Justin Chanda、Laurent Linn和Dani Young 讓這本書的創作過程如此有趣。

作者／麥可·伊恩·布萊克 (Michael Ian Black)

作家、諧星兼演員，目前參加《流金歲月》、《加菲根秀》、《哈啦夏令營：第一天》等電視節目的演出。麥可定期在全美巡迴演出單人脫口秀，也著有暢銷書籍：《My Custom Van: And 50 Other Mind-Blowing Essays That Will blow Your Mind All Over Your Face》、《You're Not Doing It Right: Tales of Marriage, Sex, Death, and Other Humuliations》；童書包括《川普這種生物》（尖端出版）、《Chicken Cheeks》、《The Purple Kangaroo》、《A Big Parade Is a Terrible Idea》、《我的情緒認知繪本4部曲》（野人文化出版）以及《Cock-a-Doodle-Doo-Bop!》。麥可與妻子及兩個孩子住在康乃狄克州。
官網：michaelianblack.com

繪者／黛比·里帕斯·奧伊 (Debbie Ridpath Ohi)

童書作家及繪者，著有《誰偷走了我的書？》（野人文化出版），她曾與Simon & Schuster、HarperCollins、Random House、Little Brown、Stone Bridge Press 和 Writer's Digest等出版社合作，並為作家麥可·伊恩·布萊克（Michael Ian Black）《我的情緒認知繪本4部曲》（野人文化出版）繪製插畫。
官網：DebbieOhi.com
Twitter: @inkyelbows
Instagram: @inkygirl.

小野人43
光屁屁小超人【中英雙語繪本】

作　者　麥可·伊恩·布萊克（Michael Ian Black）
繪　者　黛比·里帕斯·奧伊（Debbie Ridpath Ohi）

野人文化股份有限公司
社　長　張瑩瑩
總 編 輯　蔡麗真
主　編　陳瑾璇
責任編輯　李怡庭
行銷企劃經理　林麗紅
行銷企畫　蔡逸萱、李映柔
封面設計　周家瑤
內頁排版　洪素貞

讀書共和國出版集團
社　長　郭重興
發行人兼出版總監　曾大福
業務平臺總經理　李雪麗
業務平臺副總經理　李復民
實體通路組　林詩富、陳志峰、郭文弘、王文賓、賴佩瑜
網路暨海外通路組　張鑫峰、林裴瑤、范光杰
特販通路組　陳綺瑩、郭文龍
電子商務組　黃詩芸、李冠穎、林雅卿、高崇哲、吳眉姍
專案企劃組　蔡孟庭、盤惟心
閱讀社群組　黃志堅、羅文浩、盧煒婷
版 權 部　黃知涵
印 務 部　江域平、黃禮賢、林文義、李孟儒
出　版　野人文化股份有限公司
發　行　遠足文化事業股份有限公司
　　　　地址：231 新北市新店區民權路108-2號9樓
　　　　電話：（02）2218-1417　傳真：（02）8667-1065
　　　　電子信箱：service@bookrep.com.tw
　　　　網址：www.bookrep.com.tw
　　　　郵撥帳號：19504465 遠足文化事業股份有限公司
　　　　客服專線：0800-221-029
法律顧問　華洋法律事務所　蘇文生律師
印　製　凱林彩印股份有限公司
初版首刷　2022 年08月

國家圖書館出版品預行編目(CIP)資料

光屁屁小超人/麥可·伊恩·布萊克(Michael Ian Black)
作；黛比·里帕斯·奧伊(Debbie Ridpath Ohi)繪；野人
文化編輯部譯. -- 初版. -- 新北市：野人文化股份有限公
司, 2022.08
　面；　公分. -- (小野人；43)
中英對照
譯自：Naked!
ISBN 978-986-384-673-4(精裝)

874.599　　　　　　　　　　　　　110022346

有著作權　侵害必究
特別聲明：有關本書中的言論內容，不代表本公司/出版集團之立場與意見，文責由作者
自行承擔
歡迎團體訂購，另有優惠，請洽業務部（02）22181417分機1124、1135

野人文化
官方網頁

野人文化
讀者回函

光屁屁小超人
線上讀者回函專用
QR CODE，你的寶
貴意見，將是我們
進步的最大動力。

NAKED!
光屁屁小超人

作者／麥可·伊恩·布萊克（Michael Ian Black）

繪者／黛比·里帕斯·奧伊（Debbie Ridpath Ohi）

野人

Naked!
光屁屁！

Whoooooooo!
嗚呼！

Naked,
光屁屁，

naked,
光屁屁，

naked!
光屁屁！

我光著屁屁
跑來跑去！
Running around

naked!

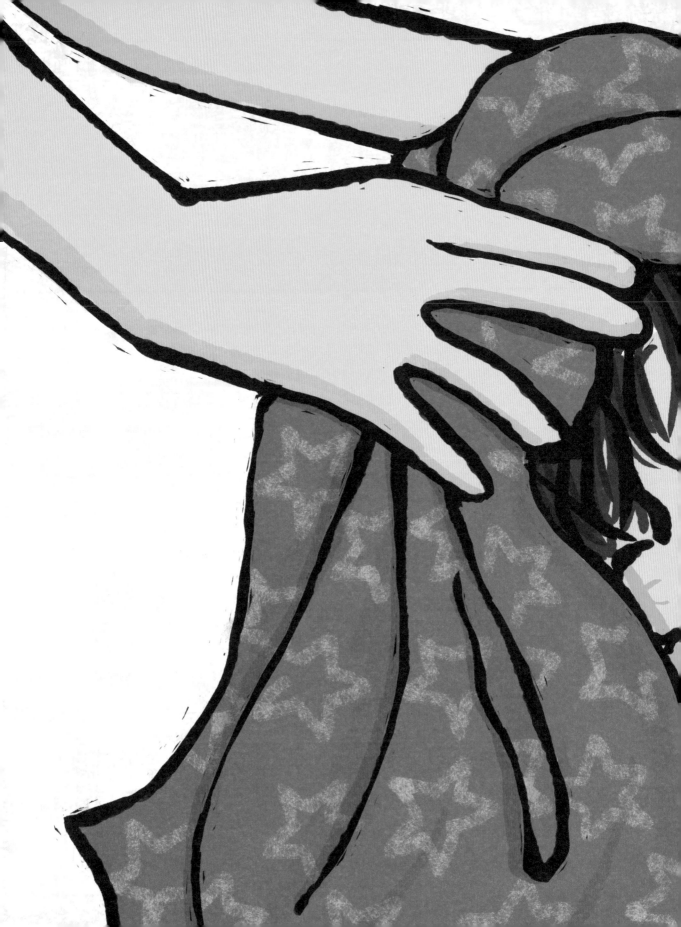

I should dress like this

all the time.

我應該要一直像這樣
什麼也不穿。

I could go to school **naked.**

我可以光屁屁去上學，

Play on the playground **naked.**

也可以光屁屁在操場上玩。

Do the Hokey Pokey

naked.

我還可以光屁屁跳「阿奇啵奇」舞。

③

②

①

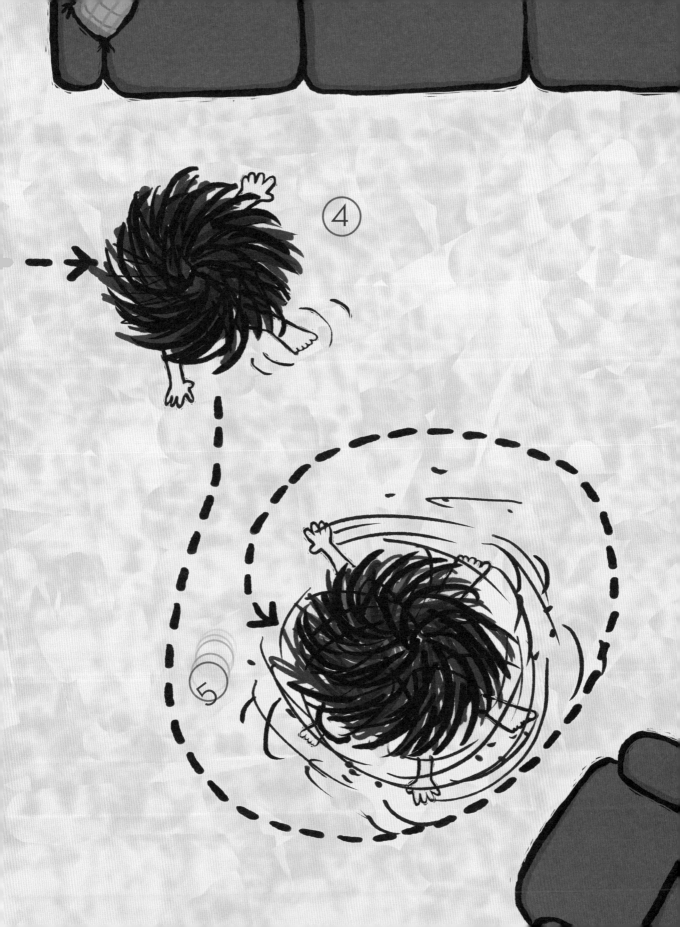

Pants?

褲子？

Who needs pants?

誰會需要褲子？

Or shirts

或襯衫，

or shoes

或鞋子，

or capes.

或披風。

我披著披風打敗壞蛋！
Fighting evildoers

caped!

壞蛋總部
bad guys' HeadQuarters

Eating another cookie mostly naked but also caped!

我披著披風，
一樣光著屁屁，
又吃掉另一塊餅乾！

Being naked is great,
光著屁屁真的很棒，

but being
但是

caped
披著披風

is even
甚至

better!
更棒！

Except that now I'm . . .

不過現在我⋯⋯

Sneaking 我偷偷溜下樓梯。
好冷！

downstairs

cold.

Eating one last cookie

我吃掉最後一塊餅乾。

cold.

好冷！

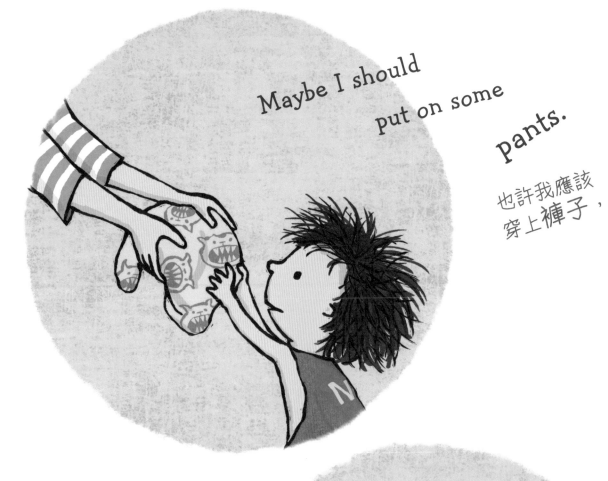

Maybe I should put on some pants.

也許我應該
穿上褲子，

And a

top.

還有上衣，

And maybe these slippers.

也穿上拖鞋好了，

And maybe take off the cape.

然後再把披風脫下來。

And now I am . . .
現在我覺得⋯⋯   exhausted.
                          好累。

And now I am . . .

現在我……　　asleep.

睡著了。